AF313281

VENTE
Des Mercredi 30 et Jeudi 31 Mars 1887

En un Hôtel, 25, rue de Chateaubriand

SOMPTUEUX MOBILIER

OBJETS D'ART

Tableaux — Sculptures — Livres

MAGNIFIQUES TENTURES

M. ESCRIBE

COMMISSAIRE-PRISEUR

6, rue de Hanovre, 6

M. A. BLOCHE

EXPERT

23, rue Chauchat, 23

EXPOSITIONS

PARTICULIÈRE

Les Dimanche 27 et Lundi 28 Mars

PUBLIQUE

Le Mardi 29 Mars 1887

de une heure à cinq heures.

CATALOGUE

D'UN

SOMPTUEUX MOBILIER

Sortant des ateliers de BEURDELEY, DUVAL, GROHÉ

MEUBLES ANCIENS

BRONZES D'ART & D'AMEUBLEMENT

DE

Barbedienne, Denière, Graux, Journet

MAGNIFIQUES TENTURES

TAPIS D'ORIENT ET D'AUBUSSON

Tableaux — Aquarelles — Sculptures — Marbres — Terres cuites

Curiosités — Porcelaines montées — Faïences — Argenterie

Orfèvrerie

LIVRES — VINS

DONT LA VENTE AURA LIEU

EN UN HOTEL, 25, RUE DE CHATEAUBRIAND

Les Mercredi 30 et Jeudi 31 Mars 1887

A 2 HEURES 1/4

Mᵉ ESCRIBE	M. A. BLOCHE
COMMISSAIRE-PRISEUR	EXPERT
6, rue de Hanovre, 6	23, rue Chauchat, 23

EXPOSITIONS

PARTICULIÈRE	PUBLIQUE
Les Dimanche 27 et Lundi 28 Mars 1887	Le Mardi 29 Mars 1887

De 1 heure à 5 heures.

CONDITIONS DE LA VENTE

Elle sera faite *expressément* au comptant.

Les Acquéreurs paieront CINQ POUR CENT en sus des enchères, applicables aux frais de la vente.

L'Exposition mettant les acquéreurs à même de se rendre compte de l'état et de la nature des objets, il ne sera admis aucune réclamation une fois l'adjudication prononcée.

Paris. — Imprimerie de l'Art. E. Ménard et J. Angry, 41, rue de la Victoire

DÉSIGNATION DES OBJETS

LOGE DU CONCIERGE

1 — Buffet-dressoir en noyer sculpté, avec fronton à balustre. Style Henri II.

2 — Table rectangulaire avec traverse d'entrejambes à balustres en noyer sculpté. Style Henri II.

3 — Six chaises en noyer, à hauts dossiers, foncées de canne.

4 — Paire de grands rideaux de fenêtres en étoffe de laine fond noir, à dessin vert, avec embrasses assorties.

5 — Paire de rideaux de vitrage en mousseline rayée.

6 — Garniture de cheminée composée d'une pendule en marbre vert et marbre noir, surmontée d'un

sujet en bronze : *la Joueuse d'osselets*. Cadran
signé *Prosper Roussel;* deux flambeaux et deux
coupes en bronze.

7 — Devant de feu en cuivre poli, orné de têtes de
lions, à anneaux mobiles.

VESTIBULE

8 — Deux grands et beaux lampadaires en bronze
ciselé et doré au vieux ton d'or, supportés par des
cariatides fantastiques, décorés de feuilles d'acan-
the et surmontés de chapiteaux corinthiens. Travail de *Jules Graux*.

9 — Paire de grands et beaux vases en marbre
fleuri tout évidé, avec frise prise en ressaut dans
la masse décorant le tour de la panse, offrant,
dans des médaillons, des bustes de femmes,
allégories aux saisons, et des rosaces. Riche
monture en bronze doré représentant des enroulements et des guirlandes de laurier, posant sur
des gaines à quatre faces en simili-marbre, garnies
de bronze. Travail de *Journet*.

10 — Banc d'œuvre à trois stalles en bois sculpté,
offrant au dossier des fleurs de lis, les armes de
Castille, des croix romaines et des animaux symboliques, avec trois coussins en panne rouge

ornés de chiffres appliqués. Travail partie ancien
(xvie siècle).

11 — Deux fauteuils en bois sculpté, foncés de canne
dorée. Époque Louis XIV.

12 — Fauteuil en bois sculpté, foncé de canne. Style
Louis XIV.

13 — Petite banquette bois sculpté, couverte en
peluche rouge. Style Louis XIV.

14 — Très beau lampadaire à cinq branches en bronze
ciselé et doré au vieux ton d'or, même modèle
que les précédents, posant sur socle en marbre
rouge veiné. Travail de *Jules Graux*.

ESCALIER

15 — Belle vasque ronde en marbre vert de Sicile,
tout évidée à l'intérieur, avec moulures en ressaut prises dans la masse, ornée d'une frise en
bronze doré, dessin à arabesques, posant sur une
gaine à quatre faces en simili-marbre, garnie de
bronze. Style Louis XVI.

16 — Grande et belle statuette en bronze : *le Chan-
teur florentin*, de *Paul Dubois*; édition de *Barbedienne*, sur socle en chêne cannelé.

17 — Beau lustre à quatre lampes en bronze ciselé, doré au vieux ton d'or. Style Louis XVI. Travail de *Jules Graux*.

PALIER

DU PREMIER ÉTAGE

18 — Deux grands bustes en bronze : *les Ajax*. Belle édition frottée d'or.

19 — Deux colonnes en bois noir incrusté de filets de cuivre et orné de bronze, avec plinthe en marbre brocatelle. Style Louis XVI.

20 — Deux jolies décorations de portes en peluche rouge avec bandes en tapisserie, bandeau analogue, embrasses à gros glands et garnitures en passementerie assortie.

PETIT SALON

21 — Joli ameublement en bois de noyer finement sculpté, dessin de guirlandes de fleurs et colonnettes détachées, couvert en velours de Gênes fond crème, à parterre de fleurs polychrome ; dossiers gainés de peluche, style Louis XVI, composé de deux petits canapés marquises, quatre fauteuils et deux chaises.

22 — Deux jolis petits tabourets en bois sculpté et doré, couverts en soierie blanche, brochée de bouquets de fleurs détachés et rayés. Style Louis XVI.

23 — Belle vitrine en noyer sculpté rehaussé d'or, fronton à écusson, à colonnes détachées sur les côtés, s'ouvrant à deux portes garnies de glaces biseautées, intérieur gainé de peluche rouge. Style Louis XVI.

24 — Petit meuble à étagère en bois noir, orné de filets de cuivre, Louis XVI. Il forme casier à musique.

25 — Console en bois sculpté et doré à trois pieds contournés, bandeau à chainette partie ajourée; dessus en marbre blanc. Époque Louis XVI.

26 — Belle commode Louis XVI à deux tiroirs, avec façade dessinée à ressaut, en marqueterie de bois, ornée de chutes à guirlandes de fleurs et de fruits, d'appliques de serrures, de couronnes et de festons de rubans, de sabots, et dans le bas d'une applique à grand développement, le tout en bronze ciselé et doré; dessus en marbre brèche violette de Sardaigne.

27 — Jolie vitrine, décor dit *vernis Martin*, offrant sur la façade et sur les côtés des sujets cham-

pêtres peints en couleur sur fond d'or. Ce meuble,
rappelant par sa forme la chaise à porteurs, est
richement orné de bronzes ciselés et dorés. L'intérieur est gainé de peluche rouge. Posant sur
un socle couvert de même peluche.

28 — Petit paravent à deux feuilles en velours frappé,
dessin à fleurs, monté sur fond de peluche bleu
pâle.

29 — Table forme rognon, en bois d'acajou moucheté, richement garnie de bronzes dorés; dessus
en marbre brocatelle. Style Louis XVI.

30 — Table ovale, avec tablette d'entre-jambes en
bois satiné garni de bronzes dorés; dessus en
marbre brocatelle. Style Louis XVI.

31 — Jolie colonne en marbre jaune orange d'Égypte,
montée en bronze doré.

32 — Jolie colonne en marbre gris veiné de Sicile,
avec chapiteau et embase en bronze doré.

33 — Belle décoration de croisée formée de deux
grands rideaux en peluche rouge, avec bandes
en velours de Gênes fond crème à parterre de
fleurs polychrome, couronnée d'un grand lambre-
quin en peluche et velours, le tout garni de passementerie et de franges, avec cordelière à gros

glands assortis et galerie en bois doré. Style Louis XIV. Doublés en soie crème et molletonné. *(Cette décoration de croisée est semblable à celles du grand salon.)*

34 — Store en soierie écrue garnie de franges et glands assortis.

35 — Deux rideaux de vitrage en dentelle brodée.

36 — Beau tapis de Perse, dessin polychrome encadré de moquette rouge unie, couvrant le petit salon.

37 — Joli lustre en bronze ciselé et doré à vingt lumières, à rinceaux feuillagés et branchages ornés de guirlandes de fleurs. Style Louis XVI. Travail de Barbedienne.

38 — Paire de très beaux bras d'applique à trois lumières, en bronze finement ciselé, modèle à festons de rubans supportant un vase de fruits, à panse bleuie se terminant en couronne de laurier et en chutes de raisins, avec bras à rinceaux feuillagés auxquels sont suspendues des guirlandes de fleurs, et prenant naissance dans des têtes de satyres et de faunesses. Style Louis XVI.

39 — Paire de grands et beaux candélabres formés de statuettes de nymphes en bronze portant des

bouquets de roses et d'œillets à six lumières en bronze doré ; socles en marbre blanc ornés de frises et de rosaces en bronze ciselé et doré. Style Louis XVI.

10 — Belle statuette en bronze : *le Réveil*, de FRANCESCHI. Socle en marbre griotte.

11 — Joli vase en bronze ciselé décoré de mascarons et de guirlandes de fruits. Style XVI° siècle.

12 — Belle statuette en bronze : *la Patricienne moyen-âge*, de CÉRIBELLI.

13 — Coupe en bronze vert et doré.

14 — Statuette équestre en bronze : *Henri IV en armure et à cheval*. Socle en marbre ancien.

15 — Beau candélabre formé par l'*Égyptienne*, de TOUSSAINT, portant un bouquet à cinq lumières en bronze ciselé et doré, de BARBEDIENNE.

16 — Paire de flambeaux en bronze vieux ton d'or, modèle à draperies et têtes de lions. Style Louis XVI.

17 — Aiguière et son plateau en bronze finement ciselé, argenté et doré, anse à figure de femme se cramponnant à un enroulement, panse à arabesques et mascarons. Style Renaissance.

48 — Brûle-parfums forme jonque à la pagode, en bronze ancien japonais.

49 — Statuette en marbre représentant *Héro*, de PEIFFER, montée sur socle en marbre rouge griotte garni de bronze doré.

50 — Deux groupes en bronze : *l'Amour fuyant* et *l'Amour guidant la Jeunesse*, d'après CLODION.

51 — Paire de beaux chenets en bronze ciselé et doré, formés de cariatides de femmes se perdant dans des rinceaux de fruits et feuillages. Style Louis XVI.

52 — Douze statuettes en ivoire : *les Apôtres*. Époque Louis XIV.

53 — Tasse en ancienne porcelaine à la Reine, fond blanc et guirlandes de fleurs rehaussées d'or.

54 — Petit pot à crème. Même décor.

55 — Boite à gants en bronze argenté, décor oiseaux et paysages dans le goût japonais.

56 — Bas-relief bronze : *Enlèvement de Déjanire*, sur fond de velours bleu pâle.

57 — Cravache, monture or guilloché. Style Louis XVI.

58 — Joli service en porcelaine de Saxe, époque Marcolini, décor à guirlandes de fleurs, composé de treize tasses avec soucoupes et cinq grandes pièces.

59 — Poignard japonais.

60 — Agrafe de manteau japonaise, en bronze ciselé, avec sujet en bas-relief.

61 — Porte-allumettes en bronze, à têtes d'Égyptiennes.

62 — Figurine d'amour en bronze, sur pied à trois dauphins.

63 — Baiser de paix ; peinture sur porcelaine : Vierge et Enfant. Cadre en bronze doré.

64 — Instrument géométrique dans son écrin.

65 — Poignard japonais avec fourreau, forme éventail.

66 — Bas-relief en bronze : Sujet mythologique, de Bonty.

67 — Pendentif en émail : sujet religieux avec inscription au revers ; monture argent.

68 — Petit personnage sur une gourde en ivoire
ancien du Japon.

69 — Cinq petites chimères en bronze du Japon.

70 — Cerf, grenouille et groupe d'animaux en
bronze.

71 — Quatre dents d'animaux représentant des orne-
ments de costume sauvage.

72 — Jardinière en porcelaine de Saint-Amand, décor
bleu turquoise avec médaillon à sujet japonais et
à paysages de MALPASS (signé) ; monture bronze
doré.

73 — Sucrier en porcelaine de Tournai, décor médaillons à oiseaux.

74 — Cassolette en bronze argenté, forme coquillage,
avec amour endormi sur le couvercle. Socle en
marbre noir.

75 — Store en soierie rouge garnie de passementerie assortie.

76 — Très beau cartel en bronze ciselé et doré, style
Louis XVI, modèle à la lyre et aux têtes d'aigles.

TABLEAUX

MIGNARD
(Attribué à)

77 — *Beau portrait de grande dame de la cour,
représentée en Diane chasseresse.*

WATTEAU
(D'après)

78 — *L'Embarquement pour Cythère.*

ROSSI
(D'après)

79 — *L'Indiscret. Les Femmes savantes.*

Deux fac-similés se faisant pendants.

COROT

80 — *Paysage avec figures.*

COROT

81 — *Paysage.*

GRAND SALON

82 — Magnifique ameublement en bois sculpté et
doré, couvert en velours de Gênes fond crème,
riche dessin, à parterre de fleurs, enroulements
et guirlandes en polychrome ; style Louis XIV.
Il se compose d'un canapé, quatre grands fauteuils à hauts dossiers et quatre chaises ; le tout
garni de passementeries et gainé au dos de
peluche rouge.

83 — Deux superbes décorations de croisées, com-
posées de grands rideaux en peluche rouge avec
bandes en velours de Gênes assorti aux meubles,
couronnées par des lambrequins à draperies ; le
tout garni de passementeries accompagnées d'embrasses à gros glands assortis. Doublées en satin
crème et molletonné. Galerie en bois doré. Style
Louis XIV.

84 — Deux paires de grands rideaux en dentelle
brodée, avec embrasses.

85 — Deux paires de rideaux de vitrage en dentelle
brodée.

86 — Grand et magnifique bureau plat en bois de
violette, richement orné de bronzes ciselés et
dorés. Les pieds sont recouverts de cariatides

de sphinx se terminant en volutes. Les sabots
sont représentés par des griffes de lion. Les car-
touches de serrures offrent des mascarons encadrés de feuillages. Les poignées sont formées
d'enroulements. Le tour du bureau est bordé
d'une large moulure et les écoinçons sont enveloppés de rocailles fleuronnés. Travail remar-
quable de *Beurdeley*, exécuté dans le grand style
Louis XIV.

87 — Quatre chaises volantes en bois sculpté et
rehaussé d'or, dossiers forme lyre, couvertes en
ancien brocart broché d'argent à fleurs, bordées
de peluche rouge et garnies de jolies passementeries. Style Louis XVI.

88 — Deux chaises légères en bois sculpté et doré,
dossiers à petits balustres, couvertes en tapisserie au point. Style Henri II.

89 — Joli petit canapé dit marquise, forme élégante
à contours, en bois sculpté et doré, dessin à
rocailles et guirlandes, couvert en dauphine
rouge brochée à fleurs, garni derrière de même
étoffe, encadrée de passementeries assorties.
Style Louis XV.

90 — Petit canapé, forme ottomane, tout recouvert
de dauphine fond blanc d'argent, broché à bouquets de fleurs, garni de passementeries à franges
et de glands assortis.

91 — Pouf carré, formé de deux coussins super-
posés, en peluche rouge cerclée de torsades, et
couvert au milieu d'ancien brocart broché d'argent à fleurs.

92 — Quatre chaises légères en noyer finement
sculpté, couvertes en velours de Gênes fond
blanc, à bouquets de fleurs et coquilles détachées. Style Louis XIV.

93 — Grande et belle console en bois sculpté et doré,
exécutée d'après les dessins de Bérain, supportée
par huit pilastres avec bandeau à coquilles et
mascaron ; dessus en marbre fleuri de Sicile.

94 — Table de milieu en bois sculpté et doré, dessin à rocailles et enroulements, couverte en
velours rouge. Style Louis XIV.

95 — Grand meuble d'appui en bois noir, avec battant central en ressaut orné de mosaïque de Flo-
rence représentant des fruits et des fleurs, garni
de glaces biseautées sur les battants de côté et
tout orné de bronzes dorés. Style Louis XIV.

96 — Deux grands fauteuils en bois sculpté et doré,
couverts de tapisserie au point et au petit point,
représentant des scènes siamoises d'après Bérain,
des volatiles, des jardinières chargées de fleurs
et des grands ramages ; dossiers gainés au revers
de peluche rouge. Style Louis XIV.

97 — Paravent à quatre feuilles en satin rouge de
Chine richement brodé d'or et de soie à fleurs et
rosaces.

98 — Grand meuble à deux corps formant bibliothèque, en bois noir richement orné de bronzes
dorés, offrant dans le bas, s'ouvrant à trois battants pleins, des figures allégoriques à l'Automne
et à l'Hiver, un buste d'homme dans un médaillon et des cariatides d'enfants se détachant sur
les montants. Le fronton est couronné par un
buste de Minerve et deux amours tenant des
guirlandes de fleurs. Style Louis XIV.

99 — Grande et belle vitrine en bois sculpté et doré,
de forme gracieusement cintrée, offrant sur les
montants des cariatides d'amours enveloppés de
volutes, supportée par quatre pieds à consoles,
intérieur gainé de peluche vieux vert. Posant
sur socle couvert de même peluche. Style Louis
XIV.

100 — Deux supports en bois de fer sculpté à jour ;
dessus en marbre. Travail chinois.

101 — Deux glaces biseautées avec cadres en bois
sculpté et doré. Style Louis XIV.

102 — Très beau lustre à quarante-huit lumières en
bronze ciselé et doré, garni de plaquettes et de
guirlandes en cristal taillé. Style Louis XVI.

103 — Magnifique garniture de cheminée, composée
d'une pendule en marbre rouge veiné antique,
ornée de deux lions héraldiques en bronze ciselé,
partie argentée, partie dorée, surmontée d'une
statuette de femme, en bronze argenté, tenant
d'une main la grande aiguille à boule sphérique
bleue et étoiles d'or. Deux candélabres en marbre
rouge veiné antique, forme ovoïde, richement
montés en bronze doré et argenté, avec bouquets
à sept lumières. Travail de *Journet*.

104 — Paire de flambeaux formés par des groupes
de personnages mythologiques ; posés sur des
chevaux marins et des dauphins en bronze doré.
Style Louis XV.

105 — Devant de feu en bronze nickelé et doré.
Style Louis XIV.

106 — Grand et beau buste d'*Apollon* en marbre
blanc ; sur socle en peluche rouge.

107 — Deux beaux groupes équestres en bronze :
Figures de Renommées à cheval, entourés d'attributs symboliques, patine verte ; posant sur
socles en bois et peluche rouge.

108 — Deux grandes appliques à sept lumières, en
bronze doré garni de cristaux. Style Louis XVI.

109 — Statuette en bronze : *Moïse*, édition de *Barbedienne*; socle en marbre noir.

110 — Paire de lampes formées de vases de Chine,
couleur aubergine : montures en bronze noirci et
frotté.

111 — Très belle garniture composée d'une grande
potiche avec couvercle et deux grands cornets,
décor polychrome à rehauts d'or dans le goût
japonais, avec riches montures en bronze doré.
Style Louis XIV.

112 — Statuette en bronze : *Ceinture dorée*, de
d'Épinay. Édition de Barbedienne. Sur socle en
peluche rouge.

113 — Statuette en bronze : *David*, de *Mercié*. Édition de *Barbedienne*.

114 — Groupe en bronze de quatre figures : famille de
Faune et Bacchante, d'après Clodion. Sur socle
en marbre rose de Sienne.

115 — Statuette en bronze : *Fleurs d'hiver*, de *Bar-
rias*. Édition de *Barbedienne*. Socle en peluche
rouge.

116 — Grand et beau buste en terre cuite patinée :
la Patricienne. Sur socle en peluche rouge à
écusson armorié.

117 — Deux très grands vases en porcelaine du Japon,
décor laqué, fond noir, à arabesques d'or, avec
médaillons réservés à fleurs et oiseaux, richement
montés en bronze doré. Posant sur socles en bois
noir garnis de bronze.

118 — Deux grands cornets en porcelaine du Japon,
décor fond noir laqué à fleurs et feuillages en
couleur rehaussé d'or; montures en bronze doré
à dauphins et rocailles. Style Louis XV.

119 — Statuette en bronze argenté : *la Source*. Socle
en marbre noir.

120 — Buste d'*André Chénier* en bronze, de *David
d'Angers*. Édition de *Barbedienne*. Sur socle
orné d'une inscription.

121 — Petit meuble miniature en faïence, décoré
de sujets champêtres sur les battants. Style
Louis XIV.

122 — Groupe en os sculpté à plusieurs figures en
bas-relief. Travail indien.

123 — Joli groupe de deux personnages et un dragon
en ivoire sculpté. Travail japonais.

124 — Sonnette en bronze ajouré. Style gothique.

125 — Pot à crème de Tournai, décor à coquilles et couronnes de laurier, bordure gros bleu rehaussée d'or.

126 — Trois petits sujets en ivoire japonais.

127 — Grande tasse trembleuse de Tournai, fond rose, à œils de perdrix, avec médaillons à volatiles.

128 — Groupe de trois figures : sujet champêtre, en porcelaine genre Saxe.

129 — Compotier de Tournai, fond bleu turquoise, à médaillons de fleurs et d'oiseaux encadrés d'or.

130 — Quatre petits plateaux ovales, même décor.

131 — Encrier en bronze, formé par un aigle et deux têtes de chevaux.

132 — Crabe en bronze japonais.

133 — Cassolette en bronze du Japon, formée par un personnage sur un poisson.

134 — Petit crabe en bronze japonais.

135 — Petit brûle-parfums en bronze du Japon.

136 — Divers objets de vitrine.

137 — Très beau tapis d'Aubusson, fond rouge, à
bouquets de fleurs, avec bordure à médaillons
de fleurs et attributs de musique, encadré de
moquette rouge unie.

138 — Grande peau d'ours blanc avec tête naturalisée.

LIVRES

139 — Grand Dictionnaire universel du xixᵉ siècle,
de *Pierre Larousse*. 16 volumes.

140 — Dictionnaire de la langue française, de *Littré*.
4 volumes et un supplément.

141 — Voyage autour du monde, de *Dumont-d'Ur-
ville*. 2 volumes.

142 — Histoire de la marine. 2 volumes.

143 — Œuvres de *Corneille*. 7 volumes.

144 — Œuvres de *Béranger*. 3 volumes.

145 — Histoire de France, d'*Anquetil*. 4 volumes.

146 — Les Mystères de Paris, d'*Eugène Sue*. 4 volumes.

147 — Histoire de France, d'*Anquetil*. 5 volumes.

148 — Dictionnaire encyclopédique, de *Saint-Laurent*. 1 volume.

149 — Louis XVII. de *Beauchesne*. 1 volume.

150 — Œuvres diverses de *Shakspeare*, *C. Delavigne*, etc. (Sera divisé.)

SALLE A MANGER

151 — Très bel ameublement en bois de noyer sculpté, style xvie siècle, composé d'un buffet monumental s'ouvrant dans le bas à portes pleines, dans le haut formant vitrine. Ces deux corps principaux se détachent sous un fronton à petits balustres et supportés par de grandes colonnes détachées. Le fond, sur les côtés, est orné de consoles à cul-de-lampe. Une grande table rectangulaire avec piétement à pilastres et traverses à colonnes, douze chaises à croisillons couvertes en cuir rouge et garnies de clous façonnés, un dressoir-desserte à dessus de marbre rouge veiné, avec étagères à galeries. (Pourra être divisé.)

152 — Grande banquette avec dossier à fronton en
noyer sculpté, couverte en cuir dit de Cordoue,
ornée sur les accotoirs à arcades de lions héraldiques. Style XVIe siècle.

153 — Deux chaises en noyer sculpté, couvertes en
cuir dit de Cordoue. Style XVIe siècle.

154 — Grand store en soierie écrue, garni de franges
de soie, décorant toute la baie, dite Window.

155 — Deux colonnes en bois surmontées de chapiteaux.

156 — Paire de grands vases en bronze du Japon,
décorés de dragons, de volatiles et de tortues en
haut-relief.

157 — Tabouret en noyer sculpté, forme X, couvert
de tapisserie au point. Style Louis XIII.

158 — Grande et belle suspension en bronze nickelé
et doré, à vingt bougies et une lampe.

159 — Beau cartel en bronze argenté, suspendu à
une armature. Style Renaissance.

160 — Grand brûle-parfums en bronze ciselé, argenté
et doré, orné de têtes de satyres et de grands
enroulements. Style Louis XIV.

161 — Paire de lampes en faïence artistique ; montures en bronze. Style Renaissance.

162 — Deux grands chenets en fer forgé. Style Renaissance.

163 — Coupe en faïence de Nové, forme coquille, décor à fleurs.

164 — Plat en bronze ciselé, argenté et poli, d'après Briot.

165 — Service à café turc en cuivre poli.

166 — Deux jolies lampes en bronze martelé et argenté, décor dans le goût japonais de *Gagneau*.

167 — Groupe en bronze du Japon, forme tam-tam, décoré de chimères et de coqs en haut-relief, couronné par un oiseau de Paradis aux ailes déployées.

168 — Support triangulaire en noyer sculpté, supporté par trois cariatides de sphinx. Style xvie siècle.

169 — Jardinière rectangulaire en bois de fer sculpté, décorée de dragons.

170 — Deux grands brocs argentés et guillochés.

171 — Grand plateau rond argenté et gravé, bords
en argent.

172 — Plateau oblong à deux anses, argenté et
gravé.

173 — Deux bouts de table et un moutardier argentés.

174 — Seau à glace en verre craquelé ; monture
argentée.

175 — Deux bouts de table en cristal ; montures
argentées.

176 — Joli service à hors-d'œuvre en argent, manches
en nacre.

177 — Service à salade en ivoire ; monture argent.

178 — Quatre grands réchauds ronds avec cloches
argentées, surmontées de groupes de chasse.

179 — Réchaud ovale avec cloche surmontée d'un
groupe de chasse argenté.

180 — Belle corbeille de milieu, supportée par un
groupe : sujet de chasse, argentée.

181 — Bouilloire avec support argentés.

182 — Deux légumiers avec couvercles argentés.

183 — Cafetière, forme Louis XV. argentée, manche ivoire.

184 — Saucière forme Louis XV, argentée.

185 — Deux plats ronds et creux argentés.

186 — Plateau rectangulaire argenté et guilloché.

187 — Support à volets avec lampe à esprit-de-vin, en métal argenté.

188 — Plateau rectangulaire à deux anses, argenté.

189 — Grand et beau tapis de Perse, petit dessin multicolore, encadré de tapis rouge uni.

190 — Belle carpette orientale à petit dessin polychrome sur fond bleu, bordure fond rouge.

191 — Petit tapis ancien d'Orient, fond blanc, bordure polychrome.

192 — Trois coussins de pieds en panne et velours.

TABLEAUX — AQUARELLES

VÉLASQUEZ
(D'après)

193 — *Portrait de Philippe II, à cheval,* par Diaz
Carreno.

LÉVY
(ALPHONSE)

194 — *Jeune Algérien.*

Aquarelle.

DIAZ CARRENO

195 — *Le Montagnard espagnol.*

BIBLIOTHÈQUE

196 — Deux meubles - crédences formant bibliothèque, s'ouvrant à trois portes, en bois noir
sculpté. Style XVIe siècle.

197 — Six chaises en bois noir sculpté, couvertes
en velours d'Utrecht, fond vert réséda, dessin
ton sur ton.

198 — Belle garniture de cheminée, composée d'une
pendule, forme monument, en marbre noir, surmontée d'un buste en bronze et ornée de
bronzes; deux candélabres à cariatides portant
des arceaux à sept lumières.

199 — Deux chevaliers en armure, statuettes sur
socles en marbre noir.

200 — Deux statuettes en bronze : Voltaire et Jean-
Jacques Rousseau, sur socles en marbre jaune
orné de bronzes. Époque Empire.

201 — Encrier en bronze sur plateau, décoré de
bas-reliefs. Style Renaissance.

202 — Devant de feu en bronze, modèle à cariatides
de femmes ailées.

203 — Longue carpette ancienne d'Orient, fond
jaune, dessin à carrelages.

204 — Livres : ouvrages d'étude, romans, etc.

TABLEAUX

ÉCOLE ANCIENNE

205 — *Portraits de Rembrandt et de Raphaël.*
Deux pendants.

CABINET DE TRAVAIL — FUMOIR

206 — Grande bibliothèque à deux portes, en bois
noir incrusté de filets de cuivre.

207 — Bureau ministre en bois noir.

208 — Cartonnier en bois noir.

209 — Meuble d'appui à quatre tiroirs, orné de
colonnettes cannelées en bois noir.

210 — Glace biseautée avec cadre en bois noir guilloché. Style Louis XIII.

211 — Deux grands fauteuils avec dossiers à coussins, couverts en velours frappé gris bleuté, garnis de franges et de passementeries assorties.

212 — Deux fauteuils forme Henri II, en bois noir sculpté, couverts en même velours frappé.

213 — Quatre chaises de même style.

214 — Fauteuil à dossier carré en bois noir, couvert en cuir brun. Style Louis XIII.

215 — Deux grands fauteuils carrés recouverts en cuir grenat et garnis de franges assorties.

216 — Garniture de cheminée en cuivre poli, composée d'une pendule et deux candélabres.

217 — Paire de petits flambeaux en cuivre poli. Style Renaissance.

218 — Deux chenets avec traverses en cuivre poli. Style Renaissance.

219 — Porte-pelle et pincettes avec accessoires en cuivre poli.

220 — Divan formant coffre avec trois coussins couverts en panne vieux vert garni de galons de même nuance.

221 — Encrier en bronze poli et repercé. Style Renaissance.

222 — Plateau en bronze poli et repercé. Même style.

223 — Deux flambeaux en bronze argenté. Style Louis XIV.

224 — Grand et beau tapis ancien d'Orient, dessin polychrome, couvrant toute la pièce.

225 — Brasero en cuivre poli. XVIᵉ siècle.

226 — Carpette ancienne d'Orient, à petit dessin multicolore.

227 — Petit tapis ancien d'Orient, dessin rayure diagonale polychrome.

228 — Flambeau à deux branches, en métal nickelé, avec abat-jour.

229 — Deux paires de rideaux de vitrage.

230 — Deux paires de grands rideaux avec embrasses en tulle brodé.

231 — Lustre de style flamand, en cuivre poli, à huit lumières.

TABLEAUX

PERBOYRE

232 — *Batterie d'artillerie lancée au galop.*

PERBOYRE

233 — *Une Revue à Longchamps.*

ÉCOLE MODERNE

234 — *Plage à marée basse.*

FORTUNY
(Attribué à)

235 — *Tête d'Africain.*

ESCALIER ET ANTICHAMBRE

DEUXIÈME ÉTAGE

236 — Tapis de chemin, fond gris, bordure rouge.

237 — Banquette formant coffre, en bois sculpté. Style Louis XIII.

238 — Crédence formant vitrine, en noyer sculpté et ciré. Style XVIe siècle.

239 — Porte - cannes et portemanteaux en noyer, à fond de glaces biseautées. Style XVIe siècle.

240 — Sabre japonais.

241 — Yatagan algérien.

242 — Deux grosses cannes en bois naturel.

243 — Tapis fond rouge à fleur couvrant l'antichambre.

PREMIÈRE CHAMBRE A COUCHER

244 — Bel ameublement de style Louis XVI, en bois
d'acajou moucheté orné de cuivre poli, composé
d'un grand lit de milieu avec fond à fronton et
colonnettes détachées, avec sommier ; table de
nuit chiffonnière, grande armoire à trois portes
avec battant central garni d'une glace biseautée,
une psyché avec glace biseautée et une grande
toilette ornée de colonnettes, dessus en marbre
blanc avec tablettes, surmontée d'une glace
biseautée avec cadre cintré et étagères sur les
côtés. (Pourra être divisé.)

245 — Literie : matelas, oreiller et coussin.

246 — Petite table-chiffonnière en acajou orné de
cuivre ; dessus en marbre blanc, avec galerie
Louis XVI.

247 — Belle décoration de lit et deux décorations de
croisées, formées de grands rideaux relevés à
l'italienne, avec draperies en peluche bleu paon
et étoffe brochée vieux rose, garnies de franges et
de passementeries assorties. Les grands rideaux
sont bordés de guirlandes de fleurs en broderie
et relevés par de grosses cordelières. Doublés de
soie crème.

248 — Deux paires de rideaux de vitrage en dentelle.

249 — Petite table-bureau en bois d'acajou orné de cuivre. Style Louis XVI.

250 — Couvre-pieds en broderie de soie, dessin à fleurs et arabesques sur fond de toile écrue.

251 — Petit canapé dit marquise en soie bleue brochée à fleurs, bordé de peluche rouge, garni de grosses torsades et de cordelières avec franges en passementeries assorties.

252 — Chaise en acajou, ornée de filets de cuivre, style Louis XVI, couverte en velours de Gênes vert mordoré, dessin ton sur ton.

253 — Grand fauteuil en peluche bleue et dessus en satin rose broché à fleurs, garni de passementeries et de franges assorties.

254 — Quatre fauteuils en bois laqué blanc et gris rehaussé d'or, couverts de satin crème capitonné. Époque Louis XVI.

255 — Chaise chauffeuse couverte en soierie brochée, fond bleu clair à fleurs.

256 — Jolie pendule, forme cage, en bronze ciselé et doré, avec glaces biseautées. Posant sur marbre

rouge griotte. Signé de *Dagrin et Casse*. Style Louis XVI.

257 — Paire de candélabres à six lumières, en marbre rouge et bronze doré, richement garnis de cristaux. Style Louis XVI.

258 — Deux flambeaux en plaqué. Époque Empire.

259 — Suspension-veilleuse avec bras de lumière en bronze émaillé.

260 — Christ en ivoire sculpté ancien avec cadre en bois sculpté et doré. Époque Louis XIV.

261 — Peinture sur porcelaine : jeune femme couchée et lisant, de l'école moderne.

262 — Portrait du pape Léon X, peinture sur bois.

263 — Devant de feu en bronze doré, orné de groupes d'amours. Style Louis XVI.

264 — Éventail pare-étincelles en bronze doré.

265 — Porte-pelle et pincettes avec accessoires en bronze.

266 — Beau tapis fond rouge à fleurs, couvrant la pièce.

SALLE DE BAINS

267 — Chaise longue en deux parties en bois sculpté, dessin vannerie, couverte en panne rouge.

268 — Petite pendule en cuivre poli. Style Louis XIV.

269 — Paire de flambeaux en cuivre poli. Style Louis XVI.

270 — Deux chenets avec traverses en bronze poli. Style Louis XIV.

271 — Tapis fond rouge en moquette, couvrant la pièce.

DEUXIÈME CHAMBRE A COUCHER

272 — Bel ameublement de style Louis XVI en palissandre sculpté, composé d'un lit de milieu à colonnettes détachées, une table de nuit, une grande armoire à trois portes garnies de glaces biseautées et un secrétaire-chiffonnier avec intérieur en érable. (Pourra être divisé.)

273 — Belle décoration de lit et autre de croisée en satin broché à fleurs fond bleu pâle avec bandes

en peluche rose, relevées par d'élégantes draperies
garnies de franges et de passementeries avec
embrasses à gros glands assortis.

274 — Couvre-pieds en broderie jaune sur fond gros
bleu, travail du temps de Louis XIII, représentant des aigles, des arabesques de fleurs et de
feuillages.

275 — Chaise longue couverte en satin bleu pâle
broché à fleurs et capitonnée.

276 — Grand fauteuil couvert en même étoffe.

277 — Chaise chauffeuse couverte en même étoffe.

278 — Deux chaises en palissandre couvertes en
même étoffe.

279 — Commode de forme cintrée en bois rose et
marqueterie, ornée de bronzes dorés; dessus en
marbre rose. Époque Louis XVI.

280 — Joli petit bureau de dame, de forme bombée,
en marqueterie de bois de luxe et de cuivre orné
de bronzes. Travail de *Grohé*.

281 — Guéridon en palissandre orné de bronzes;
dessus pivotant et s'ouvrant à quatre tiroirs

capitonnés de satin bleu, formant nécessaire de
dame et boîte à bijoux. Style Louis XVI.

282 — Pendule forme monument en palissandre
et bois noir, ornée de bronzes repercés et dorés,
avec cadran en cuivre repoussé signé de *G. O.
Batta*. Époque Louis XIII.

283 — Deux lampes en bronze et marbre noir offrant
aux pourtours des sujets mythologiques en bas-
reliefs.

284 — Devant de feu en bronze doré, style Louis XIV,
avec pelle et pincettes.

285 — Statuette en terre cuite : la Chanteuse égyptienne, de *Marcilly*. Socle bois noir.

286 — Deux candélabres formés de vases en marbre
blanc avec montures en bronze doré à figures
d'enfants, surmontés de bouquets de lis à quatre
lumières.

287 — Grand tapis de Perse couvrant en partie la
chambre.

288 — Tapis d'Aubusson couvrant la chambre.

289 — Deux carpettes orientales, dessin polychrome.

290 — Suspension à six lumières en bronze nickelé et doré, avec veilleuse au centre.

291 — Triptyque en bois sculpté et doré, avec peinture en couleur. Style gothique.

TABLEAUX

ÉCOLE FRANÇAISE

(xviiie siècle.)

292 — *Portraits de femme et de jeune homme en costumes de la Comédie italienne.*

RICHET

(LÉON)

293 — *La Petite Bouquetière.*

ÉCOLE FRANÇAISE

294 — *Jeune Femme couchée.*

Pastel.

CABINET DE TOILETTE

295 — Décoration de fenêtre en étoffe de fantaisie à dessin oriental, avec draperie et embrasses.

296 — Paire de rideaux de vitrage.

297 — Grande toilette en palissandre sculpté; dessus de marbre blanc avec tablette surmontée d'une glace encadrée. Style Louis XVI.

298 — Garniture de toilette en porcelaine blanche, bordure dorée.

299 — Carpette ancienne d'Orient.

300 — Paire de vases en poterie grise, décor en relief à paysages.

301 — Devant de feu en bronze. Style Louis XVI.

TROISIÈME CHAMBRE A COUCHER

302 — Ameublement en palissandre, composé d'un lit de milieu avec sommier et literie, une armoire à glace biseautée, un chiffonnier, une table de nuit et un bahut à deux portes formant commode

anglaise, et bureau avec dessus en marbre blanc.

303 — Décoration de lit et de croisée, deux fauteuils et deux chaises en étoffe, dessin genre oriental, avec garnitures et passementeries assorties.

304 — Paire de rideaux de vitrage à entre-deux de guipures.

305 — Pendule en marbre noir, avec sujet en bronze : *Sapho*, d'après Pradier.

306 — Paire de jolies girandoles en bronze doré, forme Louis XV, à trois lumières.

307 — Deux grands chenets en bronze. Style Renaissance.

308 — Porte-pelle et pincettes en fer avec accessoires.

309 — Paire de lampes en faïence de Delft, décor style chinois en bleu ; montures en bronze noirci et frotté.

310 — Buste en terre cuite : *Coquette*, de *Carrier*.

311 — Tapis fond rouge à petit dessin, couvrant la pièce.

312 — Tapis de table en broderie orientale, dessin dit mosaïque.

313 — Couvre-pieds en satin vieux rose broché.

314 — Peau d'ours noir avec tête naturalisée.

315 — Miniature : Sujet religieux, avec cadre cintré en bois sculpté rehaussé d'or.

316 — Deux fac-similés : Pierrette et Colombine.

VINS

317 — Pommerel 1876, 100 bouteilles.

318 — Château-Margaux 1880, 60 bouteilles.

319 — Saint-Émilion 1880, 250 bouteilles.

320 — Bordeaux ordinaire 1880, 290 bouteilles.

321 — Champagne Moet et Chandon, 40 bouteilles.

322 — Champagne Comte de Fresnoy, 60 bouteilles.

323 — Objets divers : plusieurs grandes et belles
malles, meubles courants, etc.

RED. :

22

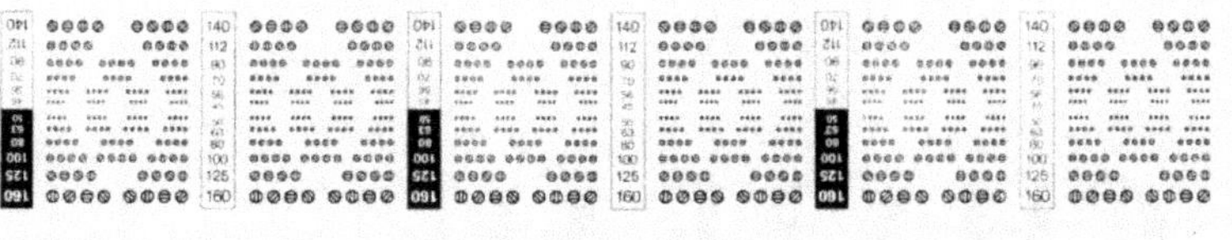

379.89.70
graphicom

MIRE ISO N° 1
NF Z 43-007
AFNOR
Cedex 7 - 92080 PARIS LA-DÉFENSE

0 1 2 3 4 5 6 7 8 9 10

www.ingramcontent.com/pod-product-compliance
Ingram Content Group UK Ltd.
Pitfield, Milton Keynes, MK11 3LW, UK
UKHW022133170726
13837UKWH00004B/1531